BABEL

巴别塔100

我喝醉全世界的不公

佩索阿诗100首

Fernando Pessoa

〔葡〕佩索阿——著
张维民——译

人民文学出版社
PEOPLE'S LITERATURE PUBLISHING HOUSE

图书在版编目(CIP)数据

我喝醉全世界的不公:佩索阿诗100首/(葡)佩索阿著;张维民译.
—北京:人民文学出版社,2021
(巴别塔100)
ISBN 978-7-02-015629-0

Ⅰ.①我… Ⅱ.①佩… ②张… Ⅲ.①诗集-葡萄牙
-现代 Ⅳ.①I552.25

中国版本图书馆CIP数据核字(2019)第180098号

责任编辑 **朱卫净 何炜宏**
封面设计 **钱 珺**

出版发行 **人民文学出版社**
社　　址 **北京市朝内大街166号**
邮　　编 **100705**
网　　址 **http://www.rw-cn.com**

印　　刷 **上海利丰雅高印刷有限公司**
经　　销 **全国新华书店等**

字　　数 **112千字**
开　　本 **889毫米×1194毫米 1/32**
印　　张 **4.5**
版　　次 **2021年2月北京第1版**
印　　次 **2021年2月第1次印刷**

书　　号 **978-7-02-015629-0**
定　　价 **49.00元**

目录

当她走过①

我坐在窗前，透过
雪花弥漫的玻璃
看见她柔美的身影
走过……走过……走过……

从横街的阴影
悲伤的黑暗中
现出她比白天的
阳光还明媚的笑容

当夜幕降临
我看见你的身影
冲破密封的黑暗
像月亮的反光

我想看见你那
深沉哀切的脸
你醉酒的嘴唇
从没体验过快乐

我看见你疼得
弯下你的诱惑

---

① 佩索阿出生于1888年6月13日，他写这首诗的时候，年龄不满14岁。从另一个角度，可以看出佩索阿是一个对生命记忆十分珍惜、感情十分细腻的人，他多次搬家，还到南非生活过一些年，竟然连14岁的作品都收藏着。

那棍棒告诉我
你脸上淌着泪

每天你都经过
那狭窄的小巷
每日愈发苍白
让我愈加恐怖

有一天你没经过
另一个人也没有
见不到你在场
给我的心割开伤口

第二天清晨
用麻木的目光
和痛苦的心
看见送葬队伍

痛苦侵袭了我，
她那面纱，
世间少了一个生灵
天上多了一个天使

接着是灵车
那辆痛苦的车
驶入墓地
那里有墓穴：

墓志铭：

天主徒们！这里
长眠着哀愁的年轻女儿
她的一生充满悲哀
她的笑是哭，她的乐是苦。

当我坐在窗前
透过雪花弥漫的玻璃
仿佛看见她的身影
已不再走过……不再走过……

安提戈涅

我怎样爱你？不知有多少方式，
赞美你，贞洁的蓝眼睛的女子；
我爱你爱得耗尽我炽烈的情感
以我每日的如火的赞叹来爱你。

我的爱是纯洁的，如纯洁的圣地，
我的爱是高贵的，如高贵的祥福，
我的爱宽广如浩瀚而深沉的大海
我的爱轻柔如孤独的百合的芬芳

最终冲破存在的残酷束缚的爱情
如此单纯的爱情，在冒险中放大，
如此忠诚的爱情，在受苦中增长

爱情，若在黑暗的人生是如此伟大
在最卑贱的生活的渴望中是如此
在坟墓的宁静中，会更加高尚。

高级不可知论

教条主义的严厉法律走了
批判主义并非是更加幸福

“我无所知”，不可知论者说。

我更少，因为都不知是否无所知。

被弃的女人

窗子还关着
已经是白天，
中午黑暗中
有亮光的影子
在每扇窗的缝隙

在进入这奇怪的
孤独之前，脚步声停住
离白天这么近又这么远
空荡的客厅冷森森
并非是因为冷而是因为静

空气中有种空虚
它的悲伤很吓人
不看，不听，不回忆
心即将感觉到
寂静中有谁哭泣
流下茫然的眼泪
痛苦、无声，
悲伤缓缓，泪珠滚滚

悲　歌

如果你死了，太阳
留下，什么都不改变
少了一个存在
你爱的人将忘记
恨你的人想不起来
你的妈妈会哭泣
但是悲哀会终止
你的兄弟会反思
将像你一样死去
你的妹妹会叹息
痛苦在叹息里消失
你的寡妇会再嫁
或者找个情人
你的儿子呜咽抽泣
直到睡着
太阳照在街上
人们给你送葬
抬着你的棺材
有人把你下葬
给你的墓穴填土
你的身体将休息
是否会安息
神秘说了算

抒情诗

在信仰中我找不到幸运
在无信仰中也找不到她
信还是不信都把我战胜
我得到的是一样的痛苦
在不相信中我却又想信
当我信仰时是不信之徒
处在永久的信仰的反感
永久地犹疑拿不定主意

娼女的歌

我从高区走下来
一支痛苦的歌
让我着实吃惊
不知什么街区的门前
一个妓女在唱歌
在黄昏的忧伤里
我［……］①

这支悲伤的歌发自
灵魂里的什么地方？

在收藏着她［……］的
什么之处？
那里依然回忆起
妈妈的吻
当她还是悲伤又肮脏地
度过幼儿时的妈妈的吻？

在一个已经遗忘的灵魂之处
那里发生过她的初恋，
终于绝望地死去，
凋谢的花收藏在那里
丢弃在那里

① 方括号加删节号，表示手稿中此处为空白。这种空白，一般表示作者尚未决定使用什么词汇。

在［……］麻木里?

我哭了，听着你。我们是什么!
可叹，我们又能怎样!
愿望中我们有多少生活!
遗忘中我们有多少挣扎!
可是忘不了当初
灵魂燃烧的那一刻
最终在一曲歌声里醒来。

悲伤地唱着歌
感觉仿佛忘记
在一个纪念里
去寻觅［……］，如忆似忘，
最后以一声叹息封闭
悲伤的我们，如同将其丢失
连一滴眼泪都留不下!

一切的神秘在你的人生
那么清晰可见，命运那么荒诞
我甚至忘记了同情
怅然如聋
心中疼，就像一个人，
噢可怜的，想起他的妈妈……

假使当初我喜欢你，像今天

假使当初我喜欢你，像今天
在空虚的我中你的影子里这样喜欢你
今天就不会哭泣今天我哭泣的东西
当初我不会这样哭，以冰冷的灵魂

当我哀求一个回忆［……］
在我心中呼唤你［……］
只听见我生不如死的
喊叫的不绝的回音

我只剩下对未曾是而本可能是，
对另一种生活的可能性，
那茫无定义的渴望
那是一种慰人的心疼
如忧伤的月亮照在水面的
蒙蒙的寂静、和平。

最后的话语

我们不能产生任何
无关现实的想法，哪怕是
我们相信的这个现实，
在经历之前也好像是奇怪的

所有的抱负——谁知道！——都应该是
一种既远又近的未来的
幽隐的景象［……］

一切会实现。唯一的所谓
不可能的是想不到的；
只有可触及的才是不可触及的
只有临近的和可信的才不可信
世界就是个幻象。

古代的智者［……］预见了
今天的现实，古老的信仰
朦胧的直觉，今天是明确
感官所及之外的
并非是另一个世界
是眼睛看不见的同一个世界

大海的深处和
大海表面是一样，［……］

所有的今天都有一个明天。

明天有可能仅仅是黑夜
活着能够是明媚的早晨

音　乐

遥远的欲望的感受
如月光洒在我的灵魂
没有让我痛苦的力量
不让我平静，却对我诱惑

听着你，生与死
轻轻从思想流过
给我穿上快乐的丧服
和动情的感受

拔出我的灵魂，你手上
有我的痛苦和［……］的心
给它沐浴在你的光！
你的［……］如同这时刻，静谧
思想诠释成了感受。

阴影颂

你无体之体不是由原子、
部分所形成，也不是运动，
你非现实的形状不是一个形状。

光线生成你，形体产生你
你是光明的对立
你没有像形体那样的密度
你是来自形体和光线之外

揭示的秘密，不可思议！
在现实的缝隙
科学解释侵入不到你

你是空气，在其中
漂浮着散在的宇宙［……］光明的

你不是由阴影的部分所组成
你是一个整体，你不是灵魂
你是可见地虚无的外部

用你［……］和神秘的嘴唇
亲吻思索你的我，沉浸于
深不可及，虚无缥缈的思想
请用你的恩惠
膏泽我执拗的心，请赐我
光明是辉煌的地狱
你是非现实的形状！

你是古朴，本质，现实。
而宇宙并不是
光明仅仅是位置，是太阳和星辰
在一座黑暗的大洋

颜色是光，一切都是活的光，是实体，
只有你才是不在之光
只有你才在光明和空灵的世界
填补神秘的缝隙

物体就是光线照在你的本质、
你的真实而赤裸的存在的精神，
光线照射在一个物体便诞生了你
难道生命是你的？什么空洞的科学
要怎样说，来理解［……］

在光明的空荡的翠绿碧蓝之间
白天死去。丧礼在空中进行
这样我的灵魂才能共融
就像此刻我对永恒的阴影，
神灵和［……］心不在焉的眼神

何种光的节奏，［……］
系统，信仰，同你的终结发生
除了我对自身的意识，我的灵魂
隐约看见了它们却可见不可留
用你的［……］从思想里看到

痛苦地想，到底是它们的现实，
还是神秘就愿意在那里！

生活就是个幻象

生活就是个幻象
我们朦胧的雏形
存在瞬息而无定
拥有的只是痛苦
苍白无助的恐惧
黑暗的夜，空虚的生活
还有幻觉中认识的
善与恶
长生不死的揣测

我想着幻象，不是梦中的影子

我想着幻象，不是梦中的影子，
我能肯定，不是在做梦
那形象的侧影从不会笑
手和姿势是一个人在哭泣

我越是大胆要一个轻柔的梦
越是错乱，梦见的时候，越是可怕
我灵魂的光晕，似忧伤的夕阳，
是梦里地平线上的神秘

梦是反射内心生活的镜子
内心生活就是全部的生活
对，即便是那种有位置和色彩的生活

在外部的；对那些热爱巨大痛苦的人
生活是痛苦的梦
梦是另一个痛苦的生活

树叶落下

树叶落下…… 时间
在原野上黯然失色

风多么苍白!
思想一片荒凉!
我忽略的是什么?

树叶纷飞……模仿
活的飞鸟……激励
我的灵魂前行……生命

短暂 ①…… 多宁静!
灵魂多么凄怆!
[……] 多么无穷无尽!

① “生命短暂”,原文为拉丁文 Vitabrevis。

献出百合

伸出你的双手
满捧着百合花
献给我的殉道士……

伸着，就这样，
都没有来自我的
梦的姿势

直到你的手
来接受你的
空茫的百合

瞧着，仅瞧着
直至生命逝去
我将留住，爱着

纯粹地瞧着
仅那个念头，仅仅——
接受百合的念头……

就这样没有变化
这样——为何要动作，
如果眼神已让我疲倦？

如一幅浮雕的
两个形象

只是纯艺术

我们就这样
因为我们的生命
在桨上睡着……

永远伸出的手
我永远仅仅瞧着
两个僵硬的生命

知道我们处在
纯粹的画面之外
相互而视……在梦里

永远在今天的边缘……
生活逃逸
如此地徒然！

嘴唇形成

嘴唇形成
一个亲吻的梦……
永远别越过
纯粹的欲望……

我们的嘴接触
另一个嘴，是忧伤的，
对一个懂得
梦的味道的人

看不见的嘴唇
来亲吻我们
只在我们梦里
存在的天空的吻……

只有那些嘴唇吻的
才永远不被夺走……
因为所给的
从来就没有给过……

请让我做梦
不知不觉……
要么就永远知道
如何能够是这样。

金光岛

一

很远，很远……
你都不知道，孩子
有多么遥远
那座岛那么远

我生活在那里，那么梦幻，
一个没经历过的生命
那里那个人，她的眼神
那么温柔，是我的梦，尽管生活着……

你都想象不出有多么远
在另一个世界的东方
那座岛上我是个修道士！
远处有一座大山

近处游荡着另一种
存在的树林的阴沉的目光
其中流淌着一条河
以另一种方式流淌

就在那儿我学习
就在那儿我寻觅梦
在你中寻觅的梦
在你中我不能找见……

因为我曾在那里生活过
所以不能有爱，
对一切在我四周的
这个世界的噪音。

所以当我看着你
我不想着你，而是呼唤
另一个在我心中落花的爱情
所以我从来不触碰你。

所以我孤自生活
疏离而忧伤……
我不会建造一个巢
除了用梦的羽毛

那个岛上做的梦的
我生活之前所爱的……
别这么看着我……我做梦，孩子……

二

可是有时候你有表情
快速眼神方式
轻巧的［……］
你没有意识到

让人想起那个和我
一起生活在世外的人的表情，
在那个美丽的海岛
在这个世界没有的美丽

我突然会问
你是否就是她，
正如我自己是宇宙的病人
……一个朦胧的念头

在忽略中想要你
爱你直到忘记你
全部变成我的艺术
啊这天空流淌下的无聊！

我生活过的时刻哪里去了？

我生活过的时刻哪里去了？
我忘记的想法在哪里？
或许它们在什么天堂里
模糊或是清晰
在那儿等待着我，跟我说
丢失它们倒是更好
因为这样对它们大哭
美丽的灵魂遇到它们
当对它们说起徒然的渴望
它们每个都不变成无用的……
这个想法让我不那么忧伤
可是这个天堂难道真存在？

初　始

我的注意力很长时间
在我的所见，快乐发狂
事物（我颤抖地注释它们）
人类的面孔
但却没有面孔……

它们没眼睛以意识注视我
墙壁，门窗
柱子，死的［……］
不存在的面孔，庄重如仪，思考着我……

整个大自然细致地
是一座恐怖的大海
四面八方，全都是
可怕的人——甚至颜色都是……

住口……闭嘴……你的嗓音
全都是灵物，声音的形体，有生命……
四周的一切用利爪抓住我
成了猎物［……］

下雨……雨点都是
一个个人物，恐怖
何处逃？这座大海没有港口！
噢恐惧！恐惧！

熄灭我吧，用钥匙
把意识锁在死牢
彻底死亡……死在终结之地
[……] 完结

一切在放大，变成灵，变成人，聚精会神
监牢里我寒冷如冰，害怕地喊叫，
一切用可见的声音对我表达可怕的思想
用非现实的可见的嘴悄悄告诉我秘密

突然，一张嘴，[……]，我感觉分了身
每个细胞有自己的生命，都在思想……
我是一个有意识的恐怖的大海，其上
盘旋着浓密的我的个性的乌云。

我分散开…… 我之所是，我之所看，
我自己外世所属的全部外部的我
我不知我是什么，只知道
我是自身之中的
多样的意识的声音……

我是一个梦游的嗓音

我是一个梦游的嗓音
在黑暗中摸索试探
我的回音的影子
比我更加真实……
我是所有疲倦的残余
所有哀愁的痛苦
来探访我
我给哭着向我送出
喜欢我的表情的人
静静地熏香
我如雾的碎片
穿过沉睡的树林中
寒冷的树木之间……
我走在波浪表面
在荒凉的海滩边
我听着自己的歌
就像唱歌的是别人
有时候我思念
曾经有过的别的哀愁
当我还是另一种东西
在高高的塔楼上
比上帝的塔楼还古老
我看见另一轮月亮
给我歌唱别的悲伤
现在我，梦游，赤裸，
在梦与生活之间游荡……

依　稀

在哪座海边
我们曾遇见过？
你奔跑着
拾取贝壳在海滩。

我看见你，没爱你，
你也是，没有爱我。
可为何我知道
在海边爱过你？

给我你的手。我清楚
已曾把你的手
握在我的手。难道有什么人
当时和我们在一起？是谁？

很可能！心比我们
知道得更多
当我们那时的
爱情得到原谅？

你的双手在秘密里结束

你的双手在秘密里结束。
你的眼睛乌黑又温柔
十字架上的基督你瘦骨嶙峋
你的侧影是流放的公主……

在黄杨树和寒冷的长椅之间
林荫道上隐隐约约，静悄悄，
遥远的船上的白帆，被风
拖长了的恐惧的思恋

可是，当潮水漫上海滩
夷平了沙子上
孩子们留下城堡，我的爱人，

那将是遥远的大海上的码头……
可怜的国王，丑妞妞公主的父亲，
在东方的城堡里的玫瑰园！

她是被废黜的女王

她是被废黜的女王……
住在总是在夕阳时分的宫殿的花园
(我这样看见她，如果闭上眼睛，她很忧伤)
她的流放充满梦和花
可是花园非常老旧，发黄，
苍白得像［……］
就在那里，女王度过她没有白天的黄昏
所有这些发生在从未有过的王国
不……比这还遥远……
我面对着镜子，不能透进去
我最终的现实
我看着自己，面前的外国人
来自镜子那边的一个国家
当他向我走来，并不是走在镜子里
我闭上眼睛，盯着镜子……那外国人消失了……

你的嗓音反射在我对镜子的念头
黄昏中的内室……
你说着我不知的神秘忧愁……你的声音是平面
与我的灵性，它没有听着你，形成垂直……
那只手，用来掀起门帘的，不属于
那种世界上握住我们的手的不完美……

树影婆娑……
花香袭人……
河水笑声轻寒……

我闭上眼睛，生命
掉在我的思想上
像一件沉重的东西掉在水里
一下子就沉没……

夜里我伸出手
找不见我所寻求的
可是我什么也没寻找
我伸手为了看是否偶然能把她伸出
某种上帝的东西来和我的手势相遇
来和我夜里求助的悲伤的手势一起
可是上帝在我的像个［……］盒子的手势之内
不能触及我，给我灵魂的安慰
夜色深沉，街上有两个人的脚步声
他们在一起散步
脚步声是一个回家的人的那种
我听见两个人在说话，是两个男子
我听见他们在歌唱人生的全部悲哀，啊多痛苦!
可是街上那两个经过的人并没有交谈
我听见的只是他们的脚步声，这便是他们的嗓音
深夜脚步的悲哀，在荒凉的街上
是另一座城市，在另一个时代，今天……

怜悯地听我说

怜悯地听我说。
不值得爱我，不，
可我的心感觉的……
啊，我想经过你
紧贴着你的心的想法……

我想让你觉得，
如果你愿意，你能爱我。
仅仅知道这些便用快乐
抚慰了寂寞荒凉的灵魂……
肯定你会怜悯！……

你的怜悯，你几乎的亲昵……
某种对我的情感……
不把我孤独地留下……
我能用从你那里得来的
少许建造一个小巢……
我那么的可怜我自己
愿意你也至少有
平静的怜悯
不是对我，而是对我那个可怜，
那种谁也没有的可怜。

有时候，我的精神周围

有时候，我的精神周围，出其不意，
徘徊着一些模糊的东西，一些看得见，一些听得到，
陌生的模糊脸孔
各种声音，说着不完整的句子，
另一些和我与生活的关系没有关系
不是在我的梦里
不是在世界中……
我不知如何，是介于其间，
比梦里的形象更可见，
比世间的人物更不真切
它们住在位于我的
身体中的精神的周围
当我看见它们就如同在生活里看见
可是好像是在做梦
当我听见它们，听见他们的声音自外边来
可那是在我的内部
我知道这不是在做梦
因为我不喜欢它们
我知道在世界上我遇不见它们
因为比起生活的形象
更是我自己的秘密

漂浮不定，我看见它们
几乎只是一瞬间
我听见它们
说出不全的语句……

它们从我的存在过场
向着与现实不同的各种方向
直角地冲着所有的世界的三个维度

显现，开始，
在那里幻灭
不是在周围，而是在中心……
当它们对我显像
我不知身在何处……
我不是用什么眼睛在看
或是用什么听觉在听
它们的面孔和声音
看不见，却看见
听不见，却听见
没做梦，却是梦
我非我，亦非别人……

当我点亮灯
它们继续在同一个梦里
当我关上灯
它们继续在同一个光亮里
当我转身，看见它们
在当初所在的同一个地方……
当我不想看见它们
依然以同样的方式看见它们……

我有在世界的
这个空间之外的
这个空间的灵魂
我有以

此世界的材料
以看的概念
以听的观念
构成的感官
不看也不听
而是其他层次的
别的同样的东西

理解的周围的墙壁
变成了透明的
当那些影子来时
既非在墙壁那边
亦非在墙壁这边
相交叉，但非与墙壁，
而是与它存在……
我将其对角切割
而它没有什么
被对角切割……

我的，对自己的
成角度的，注意力
登上被注视的我的
向下的斜坡

一切在我之中是一座湖
一块没有围住一座湖
的地势的地方的……
整个世界
不仅仅是像
沉默的湖水的

表面反映出的……
只是那里……可是之下
已经是另一种不同的东西……
之上——没有虚无
或是它在水中所反映的

在这一切中
无夜无昼……
没有这一侧的之外
也没有那一侧的外部……
内外是同一个
而绝对地不同
一切是什么都不是的
东西的中介
一切在于无所在于
我开始于终结之处
而上帝就在当中。

妈妈，再给我一次

妈妈，再给我一次
我的梦
它是那样的美丽，妈妈，
我因为有它而哭泣……

不是人
不是家
不是走在什么地方
我不知是什么，怎么样
可它是那么美，就像我现在全都知道

不在你的左边
不在你的右边
不在你的怀中
可是

那是一件闪亮的东西
可是没有光……
是给小孩子的东西
可不是真的
是一件玩具
没有做成
是一个地方要去
可是夜里找不到回家的路……
把我的梦给我，妈妈
就像这样我不知道它是什么

我想回到过去，妈妈
到半路去寻找它
我不知它在哪儿
可就在那里
闪着光，我看不见它
我的梦，妈妈
是我的小弟弟

我很伤心，妈妈……
伤心得像笼子里的鸟
自从天真时就在笼子里……
把我的梦给我，妈妈
让我只做梦……

不是你的亲吻
不是你的玩具
也不是我睡在那儿的你的怀抱
这些和它都很相似
当我有它，我就有你
那里，哪怕是你不在，
当我有这个梦我就不缺少你

一个疯子在外边

一个疯子在外边
拉小提琴
一小段什么乐曲
可是灵魂为之哭泣

你在哪里学会
那支乐曲
把衣服撕碎
它的料子是白天?

是谁在当初告诉你
在你的存在之前
当灵魂哭泣
感觉非现实的生活?

是谁教会你
在有心之前，它带来
痛苦的时刻之前，
世界不过是空虚之前?

是谁给了你琴弓
拽出那些音符
用来包容大河
把城市忽略?

不管怎么说，
停止吧，兄弟，
我的心里
已经足够痛

是的，因为众神守护着

是的，因为众神守护着
不仅他们有的，还有他们等待的。
是的，因为众神能看见
不仅现在是的，而且将来必定是的。

因此他们，预见到
我们的某种命运
对那些只看见目前和当下的
身影的眼睛依然隐藏的
他们盯紧了那些东西
他们知道未来，我们却看不见，
照看着我们拥有的现在的少许
为了有一天，我们突然
达到他们所想要的终点
为此他们给我们生命
哪怕是不幸的，我们就这样过活

看不见的命运
在黑夜守护我们
我们的灵魂无处藏身
我们的努力失败
像一首忘记的颂歌
我们的心
在不确定的手上颤抖
那只手掌控着轮廓不明的终局
可它是一个我们不懂的命运

保护着我们的法多
给我们保藏着我们不知道的东西

为何种目的，统治
人类生命的主人，来给我们保藏?
你们给我们荒谬的努力
注定了什么别的**发现**?
为何做这样的同谋
守护着我们的丑行和懒散?
你们知道，远远给我们收藏着
我们的秘密和你们的渴望

难道说是在宇宙的别的地方
别的印度，等待着我们到来?
险恶的海角，难道会出现
在某个喧嚣的南方?
噢众神，从你们中流放的，
我们的努力，还要去寻觅它?

你们给我们收藏着。为何你们要给我们收藏?
这么多人民，我们中的哪一个，这样
下降到苦难的垃圾，下降到
对祖国的变态的爱，你们给垂死的人的，
过去了，如小村的烟
在夜色降临的傍晚，慢慢散去
在夜色里，在远处，在风中
从未曾是……可我们为什么
依然活着，卑微的人民，孤零零
带着他空旷愚昧的思想?

为什么对我们的灵魂苟延残喘?
很久很久，死神就应该
将我们弃置一边，在她冰冷的宫殿里
将我们赶到她不确定的
定义的安静中

是的，我们生而为何，我们是谁?
我们所是，仅仅是如此
我们没剩下一点点我们的历史
除了回忆的徒然的回忆
只是为了提起来让人厌恶
因为当臂膀失败，灵魂空洞
当我们的什么什么都没余下
诸多的历史，死气沉沉

至少，揭示，为了让我们知道生活
至少在确定的未来
我们还应该有什么使命
未揭露的空茫的命运安排着
至少告诉我们，你真的
给我们保藏着什么目标
未来让生活不如此沉重
某种迷人的未来的事业
给我们的灵魂驱散
她不断的、不确定的，疯狂的邪灵

说出，我们的努力也许
会让众神再次降临大地
说出，在未来还会在远方
描画出注定的命运，

在尚待发现的地方，
我们将赢得隐秘的战争
说出，我们将战胜什么
未来让今天不难过，更加害怕。

讲述预言家们说的
在我们的灵魂，深夜说的秘密
对我们的非现实的感官
让我们轻松的平静，从脚尖激动
给我们惊人的未来
神秘的安排是什么
你们写下的，说吧在刀剑之间，
我们终将最后倒下

至少你要说出最后的努力
如同一个火苗熄灭前的一亮
死后给整个房间照亮一刻，有一天
我们将在一个并非不愧我们现在
而是不愧我们的往昔的
终结倒下
至少给我们的希望剩下这
在这黑暗愚昧的时刻
我们的命运是个哭泣的［……］
我们的艺术，一个舞蹈的小丑

忧伤的歌

太阳，照在街上，
却不给我爱抚。
幸福什么时候来？
从哪条路？

一刻一刻最终成了几个月
对佳期的渴望。
我犹豫不决，那么多次想你，
而你谁也不想！

我没有通往对岸的船
也不知道有没有河
啊！你的形象，红颜易老
可我感觉寒冷。

我不认输，我不决定，
我哭着想要……
总是我！噢命运，请把你忘了的
属于我的给我！

今天我又一次埋葬了梦
明天将到来
我因为嘲笑而变得忧伤，
不是立即！

徒然的微风轻轻吹拂

已然死去的花
欢呼一个未曾有的美好
无痛的空虚

伤心如果是伤心，无穷无尽
就当它是种安慰
像疯母亲仍然在怀抱中
摇晃着死婴

当我爱的时候没有被爱

当我爱的时候没有被爱
就连不爱地被爱都没有
我的整个存在都停止了
在思索

我所得到的，我不想要
我想要的，我没有得到
自私，就是。可外表上
不总是表现出来，因为
我是你的好朋友。

你天蓝色的眼睛

你天蓝色的眼睛
因此是天堂的颜色
看见它们，我心中
升起思念，像你的笑容

唤醒我爱情的启明星
在遥远的蓝色天空中……
我看着它们目不转睛
看得忘记我不断的痛……

蓝色的眼睛，你的快乐
使我的痛苦变成感动的花……
我黑色的痛苦开了花……
心扉绽放只因你看了我一眼……

谁偷了我的钱包，是偷了垃圾

谁偷了我的钱包，是偷了垃圾。
是点东西，不是什么东西。
曾是我的，现在是他的，可以是另一个人的。
可是谁偷了我的好声名，
偷我一个东西不使他变富
却让我变得特别穷

我疯了，我晕了

我疯了，我晕了……
我的吻数不清了
我把她紧抱
用双臂拥在怀里……
陶醉在拥抱里……
晕了，就这样……

她的嘴唇有花的香味
小布娃娃，我的爱
我的娃娃的小手臂
与我搂在一起
给我那么多亲吻
那么多我也给你

啊，多头晕，多火热！
如果她在身旁，会立即
成了我眼神的猎物
我灵魂里的音乐
失去一切平静的、
我不想去找回的灵魂

给我吻，许多吻
在你诱惑的陷阱中
你拥抱的猎物
我感觉不到自己的生命
连灵魂都感觉不到

在你的天的蓝色中消失的鸟

当我不吻你，我的爱
我不罢休，无计划
什么都不确定，总是惶惶不安
如果我吻你
哪怕是我最好的吻
都总满足不了我的欲望

我的爱情小又小

我的爱情小又小
小到我都找不着
一个跳蚤踢一脚
把它踹到床下头

那个旧时的悲伤

那个旧时的悲伤
今天似乎是快乐
真正的悲伤，那连
一个微笑也没有的
是这种，今天收容
我那没有美的心
在那里沮丧、冷却
可怜的不确定的努力

已经不给我，当初
我还是幸运时的幸福
今天我满足于悲愁
那是我过去的，是我的，
曾经受过的苦今天觉得
是悠闲，为了把苦味细品！

我只残余一个微笑
比不笑更伤心
那就是记得在过去
作为孩子因为缺少
一个节日的悲伤……
今天……噢必然要来的夜
关闭了我对希望的眼睛
立刻给我关闭对未来的眼睛！

任何一条路通向所有的地方

任何一条路通向所有的
地方，任何路在它的
任何一点断成两节
一段通往道路所指的方向
另一段是孤寂

一段通向这条路的终端。
停止在结束之地。
另一段是抽象的岸
……

在无用的，所谓生活的，
展示感受的游行中
幻象协调地磕磕绊绊
……

啊！各种道路都在我的身中
任何距离，任何方向，或终端
都属于我，就是我。余下的
是我的一部分，我把它叫作外部世界
可是，上帝在此，将路分成两部分
一个是我，一个与我分离
……

再见，玛丽娅！人生只有一瞬间

再见，玛丽娅！人生只有一瞬间
死去无缘无故。
幸福感是一种遗忘
幸福只是一种幻想
再见，玛丽娅！我的心
受不了这样思想

我们曾经相爱……那可是爱情？
知道那究竟是什么感觉！……
是一种东西，一半是痛
好像是快乐，让人
感觉萌萌地爱
在心底只有一种苦涩

爱是想要幸福
用另一个灵魂，在其中找到它
有那么多人说这件事
却都不能够实现！
我不知道是否假装爱你
可是如果假装了，我并非故意。

我都不知道是以快乐
还是痛苦来忘记你
我怎么会忘记你
如果我未曾把你忘记
自从我惹恼了你

我日夜都想起你

这微妙而复杂
或许一点都无道理
我觉得所有人都经历过
同样的复杂性。
心到底在想什么？……
这便是所谓爱和被爱！……

再见，玛丽娅！要是我能够
不和你说再见！
要是爱情是一种东西，
忘记却并非不再继续！
有回忆起来的快感
却并不想起已经失去！

可是一切是如我们不愿的。
我们非得是我们所是的人。
都不值得知道，我们有理由
反对我们自己。一个蔑视的人，
或是放弃的人做得对！
再见！…… 我们只是经历了一场梦。

诸神，而非国王，才是暴君

诸神，而非国王，才是暴君。
唯一压迫的是命运的法律。
成年的可怜的孩子
你以为可以有反抗可挽救！
而突然的命运
奴役的条件
永远压在人的头上

外面生活火热，有钱

外面生活火热，有钱。
我，待在这里，无效遥远，
永久的外国人
已经连做梦我都不是富人。

我谁也不是，我的工作无足轻重
在这个充满生机的庞大运转里
我过着一种既非规范
也不杂乱的与世无争的生活

一个世纪以后，我此刻生活的
一切热火朝天和噪音都将被忘记。
今天的压迫者们的

这场疯狂的战斗的重孙子们
将知道，但朦朦胧胧的，这个日子，
——而清楚的是，我的十四行诗。

新 年

某种事物开始的虚构！
什么都没开始：一切继续。
在流动而不确定的生命神秘本质，
赤裸的水在阴影里流逝

河的拐弯隐藏的只是运动
在看得见之处河照样地流
开始只是开始在思想里头。

谜

在我们所想的一切底部
有洞穴，我们看见梦
在敞开的阴影上飘浮
一株树枝叶的网守护它，
树枝上有闪光的果子
荒凉的夜的星星果

在视觉世界的背后
在我们梦见的背后
不渴的树枝逃离
所处的边缘在思想和
洞穴底部纵横交错
就像是梦在洞穴里飘浮

一幅画——在灵魂的深处飘荡
在树的部位挂着闪光的果实
带着某人身后的秘密……
不平静的光，耀眼的一瞬
像一面大纛的闪电
在所有这之中，没有任何人。

睡觉！没有欲望也没有希望

睡觉！没有欲望也没有希望
唯一的白云慢慢飘浮在
蓝色的昏昏欲睡的平静
虚无女神编着两根麻花辫

固执的寂静的邪恶的风
永存的前额和发热的眼睛
一个嘈杂的梦林
给美德的死眼睛遮上阴影

啊，什么都不是有意识的！
快感或疼痛？带来长久的麻木
适当的阴影延长在
内心的欺骗生活的地面

我不认识自己。我蜷缩起来，未来
在我梦见的阴森的小路
在我想象的不同的悠闲中
看见我在徘徊，漫漫而阴郁

我生命的关闭就像一把折扇
我的思想干枯得像夏天
空荡荡的小河。我返回
手里拿着生命准备追随的花

不可理解地沉迷于
什么也不想要的意愿……烦人地远离
悔恨和此刻的生命……

在我身边，那些遗忘的死人

一

在我身边，那些遗忘的死人
全都回来，我梦里看见他们
若说我爱他们，又怎会忘记
若说忘记，他们又怎么被爱？

转瞬人生，你如何让他们逝去？
此处什么冰冷的记忆想起他们？
我已经忽略了哭泣失去的东西。
我回忆起他们远离感官的阴影

当我失去他们时，我想：我将
无时不记住他们死亡的在场
永恒地在我持续不断的思想里

可是渐渐的生活关上了大门
全部关闭，眼神已经不留意
是谁运载我，远离了上帝？

二

多少人，给了我们忠诚的爱
我们对他们没有忠诚的记忆！
他们爱过我们，似乎是一个故事。
不可见者已经没有温热。

时不时你们想起来，一种痛苦

变强烈，因为不是转瞬即逝的
可是成了谈资，消失了那种
感觉打破这种麻木的光荣

上帝把你们造得或无意识或悲悯
噢死去的人，我们以为记住的，
在我们的娱乐消遣和享乐之间。

无意识地，我们遗弃。
可是，在你们之上，被忘记的死者，
柏树潇潇，我们流泪。

三

被夜晚，空荡，轻轻的
风摇动，树木喃喃细语
你和我在忘记的墓石上
游荡的忧伤的情感结婚

此刻，在逝去的寂静中，
有多少灵魂的思想！
什么上帝保藏着对他们
那么遥远而迷失的知识

啊，多么完全地死去了！
轻盈或坚强的生活不需要他们
没他们，他们曾爱过的人照样

走的给留下的更坏的运气
我们才更多埋葬死去的人
在我们的心上，活着死神！

四

我从深眠起身，迷迷蒙蒙，
似醒未醒，面对灵魂和白天，
一个交谈的梦，令我迷醉
和一个朋友，[……]

我更醒一点……是一个死人我把他
和一个昨天才见、刚刚一天的人弄混。
今天，甚至离幻想，都那么遥远!
这是个什么世界，是同一个世界?

是什么门，只一刻就关闭，
在现实和思想之间?
放置一个缺席的深渊令我惊惧?

对我知道和所做的，缺少什么?
在什么阴影中我纠缠不已?
我自己，我自己，有多少是阴影?

街上发现了一个死人

街上发现了一个死人
人们用担架抬走
送到一所房子不是他的
一所大房子，像一个政治中心，或学校。

从地上拾起他，抬走
突然得病倒下，一个陌生人，
他有生命和心脏像我们所有人
他倒地，人们从地上拾起他。

报纸说“神情像工人”可甚至
都没说，真正有什么神情，
倒在一个公共地，只是
从地上拾起，死在哪儿？

看见把他用担架抬走，我灵魂中
有一种陌生的寒冷，一种恐怖，
在安静的下午把他抬到了停尸房
我有什么更好，更对，或更合理

没有查明身份？是我们中间的哪个？
用担架？死了用棺材有何不同？

我的心从来就是孤独

我的心从来就是孤独
我年轻轻就已经死了……
为何需要一个姓名？
我就是我自己的坟墓。

我默默地走在你身边

我默默地走在你身边
你感觉到我，看见我心不在焉……
你问道，是不是，我不知道……
我对一切都怀念……
甚至，因为已经过去，
对经历的倒霉事儿都怀念。

是的，今天是幸福的一天。
是吗，不知道，不确定
一开始我不知何谓
有一种意义对我说
这——辽阔敞开的天空——
仅仅是它所是者的影子……

在半是辛酸中
想起遥远的过去
一切对我都是孤寂……
在那个黑暗的夜我怎么了？
在那个瞬间的死亡里我是谁？
你别问了…… 一切都是虚。

你的嗓音多情地诉说

你的嗓音多情地诉说……
话语那样温柔，让我忘记
你甜蜜的散文是假的。
我的心不再悲伤……

是的，如音乐暗示
音乐里没有的东西，
我的心不求别的
只要你里面的旋律……

爱我吗？谁曾信过？你诉说
用同样的嗓音你什么也没说
如果你是一支醉眠的歌
我听着，忽略着，幸福着。

连虚假的幸福都没有，
当它持续，就是真的。
如果这样我幸福
真或假又算得了什么？

在这儿，海岸的沙滩，默默地喜欢大海

在这儿，海岸的沙滩，默默地喜欢大海，
已经什么也不吸引我，没有任何欲望，
我做着梦，度过一天，把生命关闭，
永远没有挣扎的痛苦，因为我立即入眠。

生命像河面上经过的影子
或如同空荡的房间里地毯上的脚步
爱情对少许的存在是稍有即足的睡眠
光荣赋予了又否定；信仰没有真理。

所以在无言而孤寂的褐色的海滩的边缘，
我细小的灵魂，摆脱了痛苦和哀愁，
几乎已经没有身心的梦，我失掉了从未曾得，
我开始死去，在经历过的生活的很久之前[①]。

请给我，在此我长眠之处，仅仅吹过一阵微风，
我不想要什么偶然，除了微风拂面；
请给我，一段朦胧的爱情，一切我永远不会有的，
我不想要享受，不想要痛苦，不想要生活，不想要法律。

只想，包围在大海粗犷的声音中的寂静，
安静地睡觉，什么欲望也没有，
我想睡觉，远离一个从来不属于我的生灵，
触及到某种天空的没有微风的芳馨的空气。

---

① 意思是：还没经历，早已经死了。

敷衍体诗

我的灵魂有古人的味道
可我是我的回忆
就像一声回音，一曲歌谣。

我深知这一点儿也不重要，
可是但愿灵魂
就是这样，像一条大道。

也许我曾幸福
假使我之中有我几乎
说出的一面大旗

因为奋斗是一场空，
真理，谁又愿要?
只有倾听，自己的心。

我醉了，喝醉了全世界的不公

我醉了，喝醉了全世界的不公……
——上帝的洪水，金发的小婴儿，死了漂浮在水面，
我，在他的心中，痛苦是别人的愤怒，
存在一种郁闷的爱的浩荡的屈辱——
我，抒情诗人，造句子，因为不能造运气，
我，我救赎的欲望的幽灵，凄冷的雾——
我不知道是否该作诗，写文字，因为灵魂——
无数的别人的灵魂总是在我外边受苦。

我的诗句是我的无能。
我做不到的，我写它；
不同的节奏减轻我的怯懦。

愚蠢的缝纫女被诱奸，
没经验的老鼠总是从尾巴被抓，
生意兴隆的商人是兴隆的奴隶，
——我无分别，无赞美，无［……］——
都是愚蠢受苦的人虫。

当感受这一切，思索这一切，对这一切怒火中烧，
我致命地打碎我的心像一面镜子，
全世界的不公都在我里面。

我的棺材心，我的［……］心，我的停尸台心——
人们犯下的所有罪行，都要在我里面清算。

泪空流，神经质的人类的大惊小怪，
利他主义的奴性的醉态，
卷发纸腔的哭声响在五楼左边荒漠的房间……

九月的休假

我置身这里，无人的海滩
海潮把水藻和软木冲上岸
这里没有真理也没有正义
只有大海发出无谓的喧嚣

在这儿，古老的海岬的脚下
我不关心它的名字，混乱的物质，
在没有光荣的巨大命运之后
粗犷的岩石，就是我的身躯。

如此多伟大重压在我的灵魂
那么多变迁和挫折形成了我
现在孤自无我，我不知应该
有那种平静，也不知我是谁。

我的过去要么是外国人，那么空泛
但凡能做到，我在自身中游荡
像一个终结的破损的残存
返回时，什么都不是自己。

我思想，逃离人群和广场，
带着自己，来在这里，
摆脱幸运和灾难
我就是我，一点也不改变。

可是唉！并非凭白走在

灵魂之外，交付生活和运气。
我携带的灵魂已经不是我的
我是我自己的死亡的幸存者。

我把曾经的我留在从这里竖起的
比这座海更恶劣的海的海藻和软木
这里没有真理也没有正义
这些在我过去生活的地方也找不到。

简单的大自然让我伤感。我渴望
找到自己，我感觉遗憾
只有回到我的灵魂，从那里返回
流放之地，才能找到。

可是我不能留，也不能归，
我把灵魂出卖给了日子和观念
我之中没有祖国可返回
连思想和感情的祖国都没有

一半儿是我的，一半儿是别人的，现在。
[……]

不值得遮遮掩掩

不值得遮遮掩掩
就像必须对世界
隐藏起我不属于
它的可疑的迹象

我躲进枝叶间[①]
将我走向虚无的
旅行的地面
颤抖地布满苔痕

那里，和平的一部分，
没有运气也没有责任
那里什么我不愿要的
都不给我带来

那里，安详地坐着，
那里，也许，也许，
我将遇到我的灵魂
和上帝造的一模一样。

① 替换词：微风间。

我想是自由的，不真诚的

我想是自由的，不真诚的
无信仰，无责任，无职位
我不要囚禁，连爱情的囚禁都不
别爱我，因为我不喜欢

当我唱我不欺骗的
我哭接着所发生的
我忘记了所感觉的
我觉得我并不是我

是对我自己的过客
我在微风里看音乐
我自己的灵魂漂泊
是一首浪迹天涯的歌

热情的蚂蚁

热情的蚂蚁
我杀死它们，不用水和土。
我不知哪样更不好——
是有个我们爱的人，
还是有个人爱我们。

道路，像个女人

道路，像个女人，
它只让合法地通过，
在此时炎热的气味里，
我，徒然地写着。

也不清楚说的是什么，
有点阳光，有点灵魂，
啊，但愿我是幸福的，
除了有这，还有平静。

一片旷野，有前科的路，
生在草地间的法律，
用绳子捆着灵魂
只为了看谁来给我解缚。

在夜晚的树林里

在夜晚的树林里
悬浮着断续的水声
我忧郁的脚步独自
跟随我的命运前行
在夜晚的树林里
悬浮着悄悄的水声

平和不来自回忆
也不为意愿忘记
如果我必得无希望而活
我愿意生活得没有思恋
平和不来自回忆
忘却并非是真的

树丛间的水声
带着它的阴谋
在黑暗的混合林后
我的忧郁的感情
带着情节在它之后

树丛间的水声
带着它的阴谋
在染上月光的树林后
我的感情在空气中
带着它的情节
悄然无声在树林后

在睡眠将我的灵魂

在睡眠将我的灵魂
沉入可怕的景象前
将她淹没在梦的
虚假而混乱的深渊

趁着还在我中活着
当我在等待着入睡
重新忆起我的美好
梦着我向往的情景

于是，因为我曾经
梦见过你，依然梦想
就像对你的思恋
梦中的你是多么美丽

直到，清风徐来，
我就像在生活中
邀你的存在消逝，
开始做另一个不该的梦

是一种结束
自然而无艺术：
仿佛花儿凋谢
或酒杯摔碎

老教堂的钟声

老教堂的钟声
有家人[1]的声音
低矮的瓦屋
屋顶闪着光亮

不知钟为何敲响
不知钟为何呼唤
在我的心头
一种放不下的牵挂

往昔是那么快乐
我已不知是不是我
那个现在是我的人
若存在，因为当初已死

教堂里没有弥撒
也没有其他的事
是我感觉或欲望的
钟声在天空停止

为信徒们去做弥撒
或是为了做完离开
钟以它习惯的声音
敲响，叮当叮当——

---

① Familiar 也有“熟悉”的意思。

不管怎样，是敲响
在我的柔软的心上
像铜壶滴漏的嘀嗒
是滴落的思念声声

你平静的肉体

你平静的肉体
在这儿却又不在，
我的欲望是厌倦的。
它想要抱在怀里的
是拥有你的念头。

一个孩子笑着看我

一个孩子笑着看我
我灵魂的天亮了
我有理性，我有希望
这下我有了从来未曾有的满足

我清楚。所有这一切是一个微笑
都不是我自己的微笑
可是我不需要是我的微笑
是给我的那个人的就足够

一个眼神，确定是
冲我的微笑时间很短促……
是我对那里
曾这样幸福地追忆的一个地点。

秘密，某种东西

秘密，某种东西
不竖立起
身影，那里
就是个忘记……

秘密，世界不是
真理，心所
欲望的一切
全都是空虚……

秘密，秘密，
树林间最多的
什么都不是
是飘飞的东西

昔日的某个时光

昔日的某个时光
在一个忘记的地方
我不知何处藏着
也不知道今天
是否还在，一小块儿
无缘无故的幸福

是添加在
思想里的酵母
为了做蛋糕
用很小的剂量
蛋糕就做成
一切中最坏的乃是人生

抓满一把就足够
掺拌在一刻时光
用快乐把它镀上金色
搅拌要用冷水
其他的是用热水
(眼泪)。全无所谓。

报纸说昨天你死了

报纸说昨天你死了。
我把报纸放在双膝头
在一种恶心中悲伤，
我伤心，回忆，做梦

我回忆起那些长夜
空谈和自由的讨论
我用灵魂，压抑地，
哭泣一切成空的时刻

难以相信你没了。你
从那儿走出的门将给
我们之间筑起一道墙
将一切现在变成黑暗

这些诗句掩饰不了
人类给我的自私心
给痛苦押韵，一切成过往
我微笑，已经把你忘掉

可是啊，我心中明白地知道！
我哭泣的并不是你，也不是
造成终结的抽象的命运：
而是我也必然会死去。

让我感觉到的是恐惧

对我所是的人的思恋
像灯塔的一道光，就在
我冲着她走去的，死亡中闪烁

这些诗集是

这些诗集是
感受的商场
偶然的读者找到
适合的某种印象
也许，对他并不适合

这样，将得到非常深刻的
有些东西难以理解的
适当的世界演出
各种形式的幻觉和水平
若非麻木不仁，就会感动

可是，实际上，读诗的人
只是读自己的灵魂，
我不确定在我不同的方式间
对失去或赢得的偶然的读者
不是有点儿奇怪之处

任何人都只看见他所处的凄凉的灵魂
谁也不认识除了他出生的人
在我提供的商场，谁想找什么
就找什么，别思索，
尽管是一切，我只是我。

是的，孤立隔绝，不仅在空间，

在灵魂与灵魂之间没有纽带
我们所说的从内部来理解
至少从我所残存着脚步声
看不见也听不见的行客

我的头疼得厉害

我的头疼得厉害
就知道我要写诗
总有一天要爆炸
因为写不出来的

押韵是可怜的工作
只有通过苦苦思索
从上头的诗句开始
另一句在下面相和

以所有这些事情
世界才是智慧的
灵魂就是一个个模特
生活就是人们的韵味

我面对面盯着自己

我面对面盯着自己
我认识自己是谁。
很显然，我疯了，
可我究竟是哪种疯狂？

是因为比平常人
更是诗人我才疯？
还是因为，对是疯子
有完整的概念？

我不知道，可我感觉
我活的存在已经死了。
我的出生像一个流产，
不足月的大小和时间。

上帝把你从所在之处解脱

上帝把你从所在之处解脱
从你所是的，所拥有的
将拥有的解脱

上帝让你解脱一切，除了
从没有义务和你的毒药

上帝让你解脱
从被女人捕捉，被男人捕捉。

雨夜泛出一小片灰白

雨夜泛出一小片灰白
一天来临
天就像寡妇那件
已经褪了色的衣裳

还没有亮，除了黑暗中
蒙蒙的光，那边的天空在下雨
依然还是，那边还是，一堵墙
思念你

我不知什么是这一天的工作
却已知是徒劳的无用之功……
我从远处注视着自己的灵魂
对尚且未作之事的心灰意冷

我丢失了的睡眠

我丢失了的睡眠
压在我麻木的眼睑
今天我没睡着的昨晚
谈到爱情诗人

是的，有太多。另一些
是缺少爱情的诗人①。
他们把这变成一次郊游
可他们独自去，因为我不去。

我有足够的什么都没有，
做梦不花钱也不伤心
我有逻辑和错误的灵魂
我是英国式的葡萄牙人

---

① 替换句：是诗人，因为缺爱情。

下雨？水点似葡萄粒

下雨？水点似葡萄粒
撒落在地
那种不肆虐的雨
那种亲切的抚爱
无心的泪……

下雨？不，失败的风暴
未发生的雷雨
就像当灵魂碰到运气
吵闹又发脾气
运气都没惹着她

下雨？我的不安和焦虑……
惰性不定的心绪
将我变成我否认的人
下雨？我麻木，厌弃，
我变成了心中的何种愁绪？

风在黑暗中发了怒

风在黑暗中发了怒
巨大的拖长的吼声
我思想里没有别的
除了止不住的思想

黑暗似乎有了灵魂
在那里狂吹，长大，
有一种疯狂来到，
从某种什么理解里

风在黑暗里发了狂
似不能够得到释放
我被我的思想囚禁
像被空气捆绑的风

啊，不思想的人是幸福的

啊，不思想的人是幸福的，因为生命
她是你的亲戚，会收留你。
变成虫子的人是幸福的，因为你就是！
当你要有信仰，不如只有相信。
不知道想要什么，不如不知道你是谁
啊，不思想的人是幸福的，因为他是个存在
显然存在就是占据一个空间
并对一个位置有意识。

我命运的蜘蛛

我命运的蜘蛛
织成意想不到的网
我不知童年是何物
成年的我找不到它
是撒开的蛛网
捕捉住要去寻它的我……
我是在存在的感知中
摇荡的生命
我的运气的蜘蛛织一面
从一堵墙到另一堵墙的网……
我是我的支撑物的猎物

细雨薄薄，天不阴暗

细雨薄薄，天不阴暗，时间
垂在花茎，又直起。
多好，幻想挣脱了我！
此刻露出了残迹！

厌倦的空隙里居住着
忙碌的蜥蜴——
一堵墙护卫着我永恒叛逆的愁绪
那墙便是我，和我心中的哭泣

别再说，因为我把你遗忘在囚禁里……
你的眼睛回忆曾经的向往
沙滩上，海水的细语

落日悠闲寂寞，令我忘记
你是多么的真实！可我，看着，活着，
大海的声音使你消逝，我失去你

不是我的，我写的一切都不是我的

不是我的，我写的一切都不是我的，
我靠了谁？
我生来是谁的使者？
为什么，我误认为，
觉得我的是我的？
哪个别人给了我？
可是，不论怎样，是幸运
我，一个有死凡夫
有另一个生命活在我之中
我，曾经所在

整个这一生
都似在幻觉中
我是尘土，对那个将我扬起来的人
我很感恩。
(一时给我弄成
一阵思想的云。)
(对我所是的，扬起的尘，
仅是个象征。)

设想你明天要死

设想你明天要死
今天，告别的时候，
你给这空虚而突然的东西，
这所谓的生命，什么样的目光？

你将有一种突然的欲望
把整个世界充满
这有限的机会的贪婪
最后的看一眼的时刻

因为这样做：愤怒异常，
无限的空虚的光荣
全世界迷醉激动的眼光，
明天你真的要死亡。

风中晾晒的衣服

风中晾晒的衣服
就像是活着的人
做出无意的手势
在我昏昏欲睡的
看着的思想面前

可是世上的人们
做出的手势动作
一点也不比这些
上帝大庄园深处
风中的衣服更坚定、深刻

在我对事物，如何是其非所是的，
严肃的研究中，
我懂得了一切
看见没有心的衣服
无声的白色的晃动

我想起，由于差别，
在自由而停止的
衣服的强烈的抖动
与人类所处于的
动荡之间的相似性

自由而囚禁的生命

是在阳光、风中、天空下
摇摆、运动的东西；
只不过，衣服是晾晒在
上帝巨大的庄园里

我是一部诗集

我是一部诗集
我的写作那么多样
诗歌的价值有大有小
谁都不会说那仅仅
是一个诗人写的
……

然后，对诗人自己
诗人也应该是这样
如果他没有
完全的多样性
就不是诗人，只是路人甲。

感谢上帝我没有
任何个性
我就如同世界（……）

当灵魂浩荡地恐怖

当灵魂浩荡地恐怖
有或者没有理由的
死亡阴影来到其上
精神看得清清楚楚
心中明确却无平静
阴影是经过的生活
痛苦是停止的生活
于是更加热爱生活

是的，谁也不理解我

是的，谁也不理解我。
要是理解了，那不好！
谁对谁都不理解，
因为要是有人懂了
灵魂就是个妖怪。

这　个

人们说我写的一切，
都是伪装，或撒谎。不对，
我简简单单地
用想象力感觉
而不用心感觉。
我所梦见或经历的
我失败或完成的
就像一个平台
下面还有另一个东西。
那个东西才是美丽的。
因此我写在半空中
不从根基写起
摆脱掉我的羁绊。
感觉？谁读谁去感觉！

我用梦写完

我用梦写完
未完成的小说
不是国王和仙女
是关于不是我的一个人

在我所说的话之外
谈到不是我的那个人……
春花绽放
却没有春天

我生活的梦的、
失却的、待抢救的传说……
可是谁夺走了
那本我想不写完的书？

我把生活怎么了？

我把生活怎么了？我把生活怎么了？
都不知是否一事无成。
都不知那失去的希望
是否已经达成。

因为，在一切的不确定中，
谁也不告诉我
那我已经拥有的是不是我的
或者是否幸福

无何有：枝叶上的微风
吹过，成空
我思索或做梦，那是否清风
还是心动

洗衣池边洗衣的妇人

洗衣池边洗衣的妇人
用力在青石上捶打衣裳
她歌唱而且唱得悲伤
因为她为生活而唱歌
所以她的歌也很快乐

假使我能有那么一次
把诗句写得就像她
用力捶打衣服那样
也许我会洗掉
各种各样的命运

这里有很大的一致性
既无思想也无理性
甚至唱到一半就停
在现实里捶打衣服……
谁给我洗一洗我的心?

噢，钉锔子的小伙儿

噢，钉锔子的小伙儿
你只给磁盘钉锔子
只会锔锅锔碗
还是也会给灵魂
钉锔子，给它们
上面的善与恶的裂痕？

啊，假使，由于什么魔法，
你的艺术升华到
那种更高超的程度
把锔子钉在
这个在我的梦和
我所是之间破裂的灵魂

于是……于是什么！我怎么
对待一个出现的诗人！
你只会修理，只给
打破的完整器物锔钉
那生而破碎的，
你修不好我也难修。

我曾是的那个孩子，在大路上哭

之一

我曾是的那个孩子，在大路上哭。
当我来做我所是的人时，把他留在了那里。
可是今天，看到我现在所是，一无是处，
我想去寻找曾经的我，到他当初的所在之地。

啊，我如何才能找到他？
一个人来时错，返回也错。
我已经不知从何处来，究竟在何处。
我的灵魂停止在无所适从。

哪怕是，至少在此处
抵达了一个山峰，从那里
能重新回忆起我所忘记。

至少不在场的，能知道我自己，
当看见我就在远处，和过去一样，
在自己中发现有点和当初相似。

之二

一天天，我们变化成
明天我们看不见的人。
一刻刻某个不同的人
不断地走下此刻的长长阶梯。

走下一群人，一个人不认识其他的。

我看着他们，是我的，出来。
啊，他们多么可怕地相似！
是相互不知的多倍的同一个人。

我看着他们。每一个都不是我，我是他们所有人。
这个壮大的人群，不相关地看着我，
我不懂是从哪里增长出来。

我感觉他们都在我之中感动我，
而我，无数而繁复的，向下走着
径直经过他们所有人，迷失掉自己。

之三

我的天，我的天！我是谁，我不知道
我感觉的是我吗？我想是的人
住在遥远的地方，在那里忘记我的存在
远远地，好没有这个我。

驴子挨了打

驴子挨了打
因为是驴子
对它没有教训
不像人；因为人
当编织阴谋，
就学会，能记住
吃一堑长一智
对人就是这样发生

读者——经历了过去。
在道路上你学到多少？
就我而言，什么也没学会
就像驴子。

我以何等的愤懑承认

我以何等的愤懑承认
一直被我爱的人忘记！
阳光明亮照耀。天蓝如碧
让感官清晰
风儿温柔，在这辽阔的南方，
死人第二次死去

我们总是在十字路口

我们总是在十字路口
每天都有不同的、可能的路。
每个时刻都多过一条选择
我们，是微不足道的
孤独

既不选，亦不要：
我们向前走……
不管在路上看见沙滩
还是穿过的森林
我们走向未知的地方
也不知我们身在何处

每时每刻
必须向左转或向右转
根据某种不解的法律
或是冲动，不遵循对它的直觉

我们总是歧路重重！
没时间来选择
急匆匆，蒙昧而孤独，
踏上必定的那条

谁也不知道，所走的路，
究竟是好是坏，也许将来才知道……
一切是未知，追随：
剩下的上帝会给，或不会给。

一切，除了厌倦，都让我厌倦

一切，除了厌倦，都让我厌倦
我想要，没有安静的安静
每天啜饮着生命
就像喝药
那种非喝不可的药
那么多渴望，那么多梦想，
那么多那么多让我一事无成
单为等待魅人的爱情
就等得我两手冰冰
那种温暖手的爱情
总之，冰凉，两手空空
就这样

总是醉醺醺地回到家

总是醉醺醺地回到家
嘴里只嘟囔着半句话
可是不喝醉的人回家
会带着更多的真理吗?

是，酒让人智力模糊：
人做梦，猜想以为在思想
可是不喝酒就变科学家?
直着走就不会弄差?

不，这标准是假的，重要的
并非知道，在这个空洞的世界，
是不是能找到家和门，
而是，是不是能找到心。

我采集感受就像采摘花朵

我采集感受就像采摘花朵
我因采摘之责而摧残它们
有人因为爱情把感受摧残
有人因得不到爱情而摧残

这很难说清楚……我是那种
感觉到这些，以某种
确定的不确定的方式来塑造
以这种形式［……］

我不要玫瑰，只要有玫瑰

我不要玫瑰，只要有玫瑰。
只有我不能有玫瑰时我才要玫瑰。
我该怎么办
随便什么手都能摘玫瑰？

我不要夜，除非，当彩霞
将其变成金的，蓝色稀释。
我的灵魂所忽略的
是我所想占有的这个。

为什么？……我要是知道了，就不去
作诗，去说我尚且未知。
我有可怜和冰冷的灵魂……
啊，用什么施舍温暖我？……

影子里的挽歌

民族慢慢地沉沦，
快乐像是对别人的记忆
我们披着灾难的乡愁中
有一阵风吹过

过去和未来压抑着我们
当下沉睡在我们身中
灵魂总梦到遇见同一堵墙
当醒来时总是遇到同一堵墙

是谁偷了我们的灵魂？
什么隐秘而高深的巫术和魔法
灌满了我们悲苦而恐惧的灵魂
在这无奈的、熄灭的、极端的时刻？

英雄们遥远地闪着亮光
用信仰或焦虑的眼睛
在不可能看得见的过去；
我们的记忆蒙了雾，忘记在梦中

过去我们究竟犯了什么罪孽？
强加给我们无端的考验
让我们的命运模糊不清
正如我们心中清楚感觉到的？

我们赢了什么邪恶的胜利——

在什么战争，用什么武器，以什么船队？——
让我们这样感觉到你非现实的惩罚
让迷途的肉体彻骨地感觉到？

如此美丽的土地，有如此伟大的英雄，
美好而灿烂的阳光
在这儿散发最柔和的热量
温暖而蓝色的温度，只给了我们

赐予了这么多美，过去的光荣！
这么多希望，却在光荣之后，
我们只体会到下坡的容易
在无名的历史的山坡！

那么多，那么多！是谁的功业？
无人返回吗？在地下的世界
在那里阴影徒然为光明而悲痛
沉重地压在颅骨曾在的地方

冥王不退还一个英雄？叫他重见天日
或返还令他成就功业的那种勇气
就像欧律狄刻给俄耳甫斯的痛苦
还是，返还了而我们向后看①？

空无所有。没有信仰，没有法律，

① 俄耳甫斯，希腊神话中的音乐家，宁芙欧律狄刻为他的七弦竖琴陶醉，投入英俊少年的怀抱。婚宴中，她被毒蛇噬足而亡。痴情的俄耳甫斯冲入地狱，用琴声打动了冥王黑帝斯，就让欧律狄刻随俄耳甫斯重返人间。但冥王告诫他，离开地狱前万万不可回头。冥途将尽，俄耳甫斯遏不住心中爱念，转身想确定妻子是否跟在身后，结果让欧律狄刻永堕深渊。

没有大海，没有港口。
只有漫漫悲愁，一片死水，像死的海中，
那些无聊的下午，海水痛苦的孤寂

无条理的人民，无根基的种族，
慌乱，无所适从，都不注意
民族在于什么，等着自己的死亡
像停在这里的一列快车

疯子们的旋涡，连自己
是否有过觉悟都不相信，
对想去要的，我们身中没有任何
能战胜不可能性的坚定信念。

我们从影子和遗物中剽窃
平静空洞地记录
还没睡着就作的梦
而无奈的睡眠让我们发冷

噢，我们怎么办？一个曾经
就像是一轮新的西方太阳的民族
一个曾经有冒险者和英雄的
从前有葡萄牙的名字的民族……

(小声点！让下午
至少极端的寂静
让我们紊乱的心脏
疼得更轻一点

小声点！我们无药可救

除非如果从上帝睡觉的荒芜的深渊
有某种怪诞的阴暗的感情
来唤醒我们的厌倦

几乎寂静？什么也别说！祖国
别再说我从中找到你的虚无缥缈的希望
你身上散发出什么疾病？
你都不会睡觉。小声点！）

噢那个大雾弥漫的不确定的早晨，
死去的国王将活着返回①
来到微卑的人民中间，把她团结起来——
上帝愿意或能赐给吗？

何时才是你的时刻，你的榜样？
你何时才从注定的深渊返回？
举行你的仪式，重建你的神殿
遮住命运明亮的眼睛？

什么时候，在今天的葡萄牙
灵魂的荒漠，不知不觉地，
响起你的声音，像沙漠绿洲的边缘
摇曳的棕榈，你会从那里而来？

何时这巨大的忧伤得以见到
沉沉雾霾被驱散
在朦胧中涌现一个身躯

---

① 葡萄牙国王唐塞巴斯蒂昂（1554—1578），在阿尔卡塞尔-吉比尔战役中失踪。葡萄牙民间传说，他会在一个大雾天，骑着白马返回。

让我们感觉到自己的心?

什么时候?我们停滞了
灵魂连续的(?)忧郁的时辰
把夜灌满了无聊的厌倦
而白天到来增长厌倦,只因她来临

祖国,是谁伤害了你,给你下了毒?
是谁,用温柔邪恶的伪善
用丰盛而无用的食物
安慰了你的心?

是谁让你比从前更多地昏睡?
让你自古至今从未有过的长眠?
我紧握你的双手:多么的冰凉!
你所爱的我身上这手,是你的吗?

你活着,对,活着,因为你没有死……
可是你所过的生活是昏睡
你的身子,不辨是非地
穿着一切被遗弃的悔罪服

睡吧,至少这一次。所渴望的
或许无非是一个疯狂的梦
一个因为太爱祖国的人的梦

他觉得哪怕对你爱得再多都太少

睡吧,我睡觉只是为知道
你被不知何谓的不安的束缚
连反抗或焦虑你都不懂得有

对希望你都不感觉到饥渴

睡吧，我们，你的孩子在你的脚下
徒劳而疲惫地，寻求
得到爱的保护，我们还
把你光荣的脚当成是可爱的

睡吧，祖国母亲，无效和延迟地
如果希望出现在你的梦境
不要相信它，因为一切都是空无
那必然要来的永远不会来

睡吧，傍晚就要结束，夜色将临
睡吧让不确定的世界的眼皮
庄严地垂下，带着她的痛苦
在依然清醒的垂死的眼神里

睡吧，让一切停止，你同一切
你想在永恒的虚构，
这无声的空蒙的蓝色的空间前
永恒地生活？睡吧，什么也不感觉

都不再在空气中游荡，就让她是神圣的
让我们的灵魂，假使不是荒凉而空虚的
让我们的命运，寒冷平静的风
让我们自己无聊又寒冷的下午

就像悠长，傲慢，人的喘息
在那个平静而单调的下午
罗马皇帝在垂死时说：
我曾就是一切，什么都不值得

有比疾病更坏的病

有比疾病更坏的病
有不痛之痛，都不在灵魂中
可是它比别的痛苦都要苦
有梦见的更真实的忧伤
比生活给我们的还真实，有只有
以想象才能感觉到的感触
却更属于我们，强烈过生活本身
有那么多并不存在的事
却存在，无休止地存在
漫无天日地属于我们，而我们……
在宽广浑浊的绿色河水上
海鸥将一个个白色的圆圈画在
灵魂之上 ……
未曾的，不能的，是一切
再给我添一杯酒，因为人生就是虚无

疯女王的公园

你嘴上的谜——
还没有人解读。
让你悲伤和疯狂的
恰是令你美丽……

…………………………

金发的疯女，忠诚于
你秘密的梦
你有秋色的神情
黑色的衣裳……

死去的王子，
有斯芬克斯的思想——
是这个痛苦在折磨你?
谁都不知道这秘密。

如果有人在林荫道
看见她隐隐的笑容
梦里撕下大丽花瓣
是女王，而非女人。

你曾经的宫殿楼阁
大门都紧紧关闭着
你的神秘是圣洁的
宝剑已经断裂破碎

你的神龛里的天使
知道她究竟爱着谁
微风从她身边经过
可是她并不叫住它

她令我心痛
可是她谁也不是

她的嘴上没有
对她所谓信仰的相信

金发的疯女，忠实于
她不愿说出来的事情
走过秋天的公园
是疯子，但不是女人。

你的身影让人忧郁，
因为你平静地徘徊
消失在阴影里……
(对我的灵魂她是什么?)

最后的天鹅

微小的船银白色的风帆在哪儿?
小精灵和仙女们乘着出发去了永达不到的地方?
从一块小石头做的码头，挥着白色的手帕，留下比我们的离别更大的思念?
现在只有最后的天鹅。
仅仅最后的天鹅。

是谁告诉你，在海边，而不是在绿草的湖边，
有别的时代的更美的彩绘玻璃的告别，有偶然的参观者的目光?
不然就只是，天鹅和它的倒影和影子，只是在滑动，遥远半阴影下的拱廊，
周围有暖色的夕阳的花边，空中的紫色彩绸，
荒芜的岸边的山洞，小溪的湍流上的古桥通向废弃的村庄，
凄清得如同白色，在古老的黄昏，最后的天鹅的景色
是为旅游的隐映的山庄，不见标注在地图上……
遥远遥远的国度的栏杆［……］
在热情的旅行的颜色的大海上。

池塘上没有送亡的丧钟，而是凝滞的哀愁
也没有往昔的迷雾，今天有寂静的石拱，
更似镀铟的金戒指，逝去的灵魂在紫色的花朵闪亮
庄重而缓缓地逝去，直到内心的湖中
别的天鹅的
现在只有最后的天鹅。

因为远离的不存在的女王死去了，她们无疑是倾斜的，
拜占庭的广场上的方尖碑，在夕阳下，克娄巴特拉静对安东尼
我已经看不见的载着小精灵的船，船帆抖动
载着小精灵和仙女向着它静静的目的地
只给湖水，现在在内心是池塘，留下仿佛是灵魂，
它，它的倒影和影子，唯一的整体，
(噢异教的修道院的回廊！）最后的天鹅。

可是，在最美妙的梦里的乐队之间，
此刻坍塌的梦，幽灵般的，远处出现无心的手，
长短不齐，小精灵和仙女的船，
死在大海之外的平原上，她们只是从湖上出发，
从有更多内在湖泊的湖和有别的东西的空间
远处，苍白的公主站在窗前，永恒地，
像一幅公主永恒站在窗前的画
她的梦是最后的天鹅。
噢拜占庭的光阴！
无用的印象①的建筑艺术
沼泽的感受的须弥座
眺望远方的湖的石梁
窥探树林后边流淌的河的石柱
知道有充满月光的风景的望楼

空心陶瓷的天鹅，漂浮着
留在庄园深处微小的
大湖上的船
纯粹是草地上一个个水洼，连在一起的湖
那些纯粹是一系列渐窄渐宽的湖

① Impressões，是印象，但也有印刷品的意思。

最后的天鹅从那儿来

最后，当小小的东西，在景色里
庄园里的水洼，算不得是湖，
矢车菊，
叶片落在水里，转着弯，漂流着
小小湖泊的每个岸边都是仙女的海湾
她们来自想象，排着队
告别最后的小精灵
穿着刺绣的矢车菊，肩上披着勿忘我

可是仙女，小精灵，小矮人，他们去了哪里？
现在只有最后的天鹅？
究竟谁是真实的？是我们，对我们是小小水洼，
还是他们？对他们小小水洼是辽阔的大海。

漂向远方——仅仅是近在我们的眼底下——
最后的天鹅。

庄园的泉水干涸了。
山头一抹夕阳消尽。
曾经忧郁的阴影在山坡睡着了。
细瘦的白天的时光，苍白地退去，热烈又冰冷，
现在只有最后的天鹅。

是的，通向荒废的宫殿的林阴路，还有尚且没有的桥，
是的，流向静止的湖的河，没有天鹅进入那里的河
因石栏而不纯净的紫色的、金色的乐队
平庸的大厅里水晶吊灯下淫荡的舞蹈。宝剑。
和他一起游戏的孩子死了，他把他留在湖里。

在那座对他来说是纯粹的水洼的湖里，在庄园深处的痛苦里，
可是他漂浮起来，给人们看见他，
注定他是最后的天鹅。

毫无疑问，在天国里他是最后的天鹅
孩子此刻，对生命没有一点更多的时间
永恒地放在温情的湖水中，那个的的确确小而大的湖，
——对上帝什么都不是不可能，天空那么蓝，时光是
温情的时光，是永恒的最后的天鹅。

诗歌并不是按节奏和变化

诗歌并不是按节奏和变化
把八个音节，十个音节，
十二个音节拼凑在一起，
听起来很悦耳：这仅是诗句。
节奏，只有节奏，[……]
节奏属于音乐、止于音乐。

零散的诗句（你别用
我信手一挥而就写下的
当范例）因为不是［……］
应该有智慧的激扬顿挫
填上韵脚，或者用
响亮的词语给出节奏
或者，两者都不需要。
那种要急切表达的
观念，形象，
积压在内心的美感，
忘掉了韵律和节奏，
陶醉在心念的节奏里，
形象的精神的韵律
其中应听得见一种螺旋
简洁而明朗的伟大诗句
这样的诗永远不乏旋律

有个方法百试不爽

有个方法百试不爽
尽管似乎不可思议
听神父或修士讲话
这方法永远是真理
判断起来别无他样：
对的总是——与之相反

我没有战斗，谁也不配我去斗

我没有战斗，谁也不配我去斗。
我爱过大自然，然后还有艺术。
伸出双手烤着生命给我的火焰，
我得到温暖，她熄灭，我熄灭。